Qui a volé l'Angelico ?

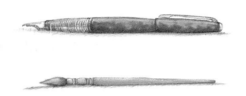

Yvan Pommaux est né à Vichy en 1946. Après avoir fréquenté pendant deux ans l'école des Beaux-Arts (Clermont-Ferrand, puis Bourges), il se lance dans la rédaction et l'illustration d'ouvrages édités à l'École des Loisirs et aux Éditions du Sorbier. Il s'oriente également vers la BD et publie régulièrement de nouvelles aventures de Marion Duval à Bayard Éditions.

Yvan Pommaux a publié dans Bayard Poche :
Le secret de l'épouvantail (Les belles histoires)
Les secrets du docteur Magicus
(J'aime lire, illustrations)
Du houx dans les petits pois - Le Turcus Étoilus
(J'aime lire, textes et illustrations)

© Bayard Éditions, 1994
Bayard Éditions est une marque
du Département Livre de Bayard Presse
ISBN 2. 227. 72278. 9

Qui a volé l'Angelico ?

**Une histoire écrite
et illustrée par Yvan Pommaux**

BAYARD ÉDITIONS

La carte postale

Jeannot fonce pour arriver devant chez lui en même temps que le facteur.

– Bonjour, mon garçon ! Tiens : j'ai une carte pour toi !

– Oh ! chouette, alors !

Jeannot monte l'escalier. La carte est en couleur. On y voit une ville rouge et jaune moutarde, avec une église à coupole. Dans le ciel trop bleu, une banderole précise : « Souvenir de Florence ».

Il tourne la carte et lit : « Un bonjour d'Italie ». C'est signé : « Oncle Louis ».

Florence !... une des plus belles villes d'Italie. Ça fait rêver. Qu'est-ce qu'il fabrique là-bas, l'oncle Louis ? En tout cas, c'est gentil d'envoyer une carte. Jeannot la regarde encore, puis il la glisse dans la poche arrière de son blue-jean.

Il n'en parlera pas à ses parents. Il faut dire que ce qui se passe entre lui et son oncle a toujours un côté secret, peut-être un peu défendu...

En entrant chez lui, Jeannot dit salut-qu'est-ce-qu'on-mange, et lance son cartable sur la chaise habituelle.

La table est mise.

Des épinards ! Berk...

Sa petite sœur patauge dans la bouillie.

Son père se dirige vers la télévision, comme chaque jour à la même heure.

Sa mère dit :

—Claude ! On ne pourrait pas manger sans la télé, pour une fois ?

—Je veux juste savoir ce qu'ils disent au sujet des grèves... après, on éteint !

Le présentateur apparaît. Il ne parle pas des grèves, mais il déclare :

– La dépêche que j'ai sous les yeux confirme ce que je vous annonçais tout à l'heure.

Jeannot plante sa fourchette dans les épinards. Le présentateur continue :

– Un vol de tableau vient d'être commis à Florence, en Italie...

Jeannot pense: «Tiens, Florence, comme la carte de l'oncle Louis!»

– ...un vol dont on n'a pas fini de parler, puisqu'il s'agit d'une œuvre de Fra Angelico, célèbre peintre de la Renaissance*. Ce tableau avait été acheté au musée San Marco de Florence par un richissime industriel, monsieur Farina, pour sept millions de francs...

*Fra Angelico est né en 1400 et mort en 1455.

«Incroyable! pense Jeannot. Sept millions!
Il doit être génial, ce tableau!» Justement, il
apparaît sur l'écran.

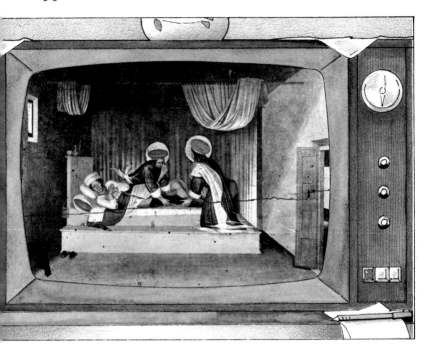

—...Voici une reproduction du chef-d'œuvre.
Selon la police italienne, il serait passé en
France cette nuit même!

Le tableau est bizarre: un homme couché qui
a une jambe toute noire; ou peut-être a-t-il un
bas? Deux autres hommes sont penchés sur lui
et semblent le soigner. Des rideaux tombent en

plis gracieux. Il y a dans un angle une porte ouvrant sur un mystérieux couloir... Le présentateur demande d'admirer les coloris, mais Jeannot n'a pas la télé couleur.

Le tableau disparaît. Sur l'écran, on voit maintenant un homme au visage sévère, entouré de journalistes. Une voix, brouillée par des bruits de rue, dit :

– C'est le commissaire Mallarmé qui a été chargé de l'enquête sur notre territoire... Commissaire ! Un mot, s'il vous plaît ! Avez-vous une piste ?

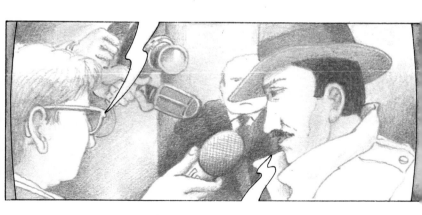

– Eh bien, depuis le vol dans la villa de monsieur Farina, une série d'indices nous a mis sur une piste qui paraît sérieuse :

curieusement, le voleur semble avoir traversé en voiture l'Autriche et la Suisse avant de passer en France. Nous avons pu reconstituer son voyage jusque dans le département de l'Allier, mais là, nous perdons sa trace...

Jeannot a failli renverser son yaourt. Il pense : « L'Allier ! Ce n'est tout de même pas l'oncle Louis qui a fait le coup ! Il est tout ce qu'on veut, l'oncle Louis : étourdi, distrait, farfelu, mais pas voleur !... Et si c'était lui quand même ? »

Jeannot veut en avoir le cœur net : « Demain, c'est mercredi, j'irai voir si tonton est revenu d'Italie. »

Louis Chabert,
l'oncle de Jeannot

Le lendemain, de très bonne heure, Jeannot pédale sur la route de campagne qui mène à la maison de son oncle.

Louis Chabert est maraîcher. Il cultive ses fruits et légumes chaque après-midi, et certains matins il part dans sa camionnette pour les vendre au marché. Il occupe son temps libre à des collections étranges, à la culture des cactus, et il joue de la contre-basse.

L'oncle Louis n'est pas un voleur. Et puis, il est sûrement encore en Italie, mais Jeannot veut en être sûr. Malgré l'air vif qui lui pique les joues, il appuie rageusement sur les pédales.

Il s'engage sur un chemin de terre. Il aperçoit la maison isolée, sa vigne vierge et ses volets verts. Jeannot saute de sa bicyclette et l'abandonne dans l'herbe.

La porte est entrouverte. L'oncle Louis est donc revenu. Jeannot sent son cœur se serrer! Cette maison si familière, il a peur d'y entrer. Il entre pourtant. La pièce est vide; seul Groucho, le chat, se prélasse sur la table, dans une flaque de soleil. Jeannot ouvre un tiroir, puis les portes du buffet.

– Tu cherches quelque chose, Jeannot ?

L'oncle Louis se tient sur le seuil. Non, vraiment, avec son chapeau de paille, ses moustaches d'Auvergnat et son tablier bleu, il n'a pas l'air d'un voleur.

– Bonjour, Tonton ! Alors, vraiment, tu es rentré d'Italie ?

– Tu n'as pas répondu à ma question ! Qu'est-ce que tu cherches ?

– Rien, rien, dit Jeannot, rien du tout !

Dans l'ombre du chapeau, les yeux de Louis se font malicieux :

– Mais si, tu cherches quelque chose ! Tu cherches une chose dont on parle beaucoup à la télévision, une chose qui vient d'Italie !... Suis-moi !

Toutes les marches de l'escalier qui monte au grenier sont encombrées de cactus qu'il faut contourner. Le grenier sent le vieux livre, la pomme et le champignon séché. Dans le coin, sous la lucarne, un rayon de soleil oblique éclaire le tableau de Fra Angelico.

Jeannot pense : « C'est ça, le tableau ! Il n'est pas plus grand qu'un cahier. Et il vaut sept millions de francs ! »

Il ne l'avait vu qu'un instant, à la télévision, pourtant il n'a oublié aucun détail : la jambe noire, la porte ouverte, le tabouret, les rideaux qui devaient cacher complètement le lit quand on les tirait... Cette fois, en plus, il y a la couleur.

Jeannot dit :

– C'est beau !

– Oui, dit son oncle, c'est très beau !

Ils cessent de parler, chacun dans ses pensées. Rompant le silence, Jeannot demande timidement :

– Mais, Tonton, pourquoi tu l'as volé ?

– Volé ? Moi ?

Les moustaches de Louis Chabert frémissent. Il devient rouge et crie :

– Volé ? Non, mais dis donc, Jeannot, tu ne prends tout de même pas
ton oncle pour un voleur ?

L'oncle Louis s'explique

Jeannot dit :

– Écoute, Tonton : si ce n'est pas toi qui l'as volé, ce tableau, qu'est-ce qu'il fait chez toi ?

L'oncle Louis tripote ses moustaches :

– Oui, oui, bien sûr, à première vue, ça peut paraître bizarre. Mais je vais t'expliquer, c'est très simple : tu sais que je suis membre de l'A. I. I. O., l'Amicale Internationale des Imitateurs d'Oiseaux ?

– Oui !

– Bon ! Nous avons eu notre réunion annuelle à Florence. Bien ! Après cette réunion, je t'ai envoyé une carte postale. Puis je suis allé au restaurant. Là, j'ai rencontré deux types qui m'ont offert à boire. En

bavardant avec eux, je leur ai dit sans me méfier que je retournais en France le lendemain matin. Ils m'ont raccompagné à mon hôtel et, comme un idiot, je leur ai montré ma voiture. Tu me suis, Jeannot ?

– Jusque-là, ça va, Tonton !

– Bon ! Je continue : le lendemain matin, j'étais prêt à partir, et figure-toi que j'avais acheté quelques bouteilles de chianti* que je ne voulais pas montrer aux douaniers à la

*Le chianti est un vin italien.

frontière. Bref! je décide de les ranger sous le siège de ma voiture. Mais là, sous le siège, il y avait déjà un paquet! Je l'ouvre, et...

– C'était le tableau de Fra Angelico!

– Tout juste! Mes amis de la veille étaient des malfaiteurs qui voulaient se servir de moi pour passer un tableau volé en France. Ils m'avaient eu. Mais avec Louis Chabert,

ils étaient mal tombés! À Florence, je démarre, ils me suivent, je les sème. Je me dis: ils vont m'attendre à la frontière franco-italienne pour récupérer leur paquet. Alors, je fonce par l'Autriche et la Suisse... Et hop! voilà le travail! Tu as compris maintenant?

– J'ai compris! fait Jeannot, j'ai parfaitement compris. Mais dis-moi, Tonton: ça ne t'est pas venu à l'idée de prévenir la police? Tu sais qu'il vaut sept millions de francs, ce tableau?

L'oncle Louis tripote et retripote ses moustaches :

– Je sais, je sais, Jeannot : j'aurais dû prévenir la police. Mais tout d'abord, je l'avoue, j'ai eu un coup de colère. Je n'ai pensé qu'à fausser compagnie à ces voleurs qui m'avaient pris pour un âne.

– Ça, c'est bien de toi !

– Et puis… j'ai de nouveau regardé le tableau. Et plus je le regarde, plus j'ai envie de le garder. J'aime sa couleur, sa douceur, sa lumière…

– Mais il ne t'appartient pas, Oncle Louis !

– …J'aime les plis des rideaux et surtout la porte ouverte, l'ombre fraîche du couloir. Je suis sûr que Fra Angelico s'est promené là

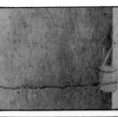

souvent, tellement ce lieu lui semble familier, tellement il a l'air de l'aimer. Et tu vois, je n'y connais rien en peinture, mais j'ai l'impression qu'il a mis tout son cœur à peindre la pièce elle-même, ses murs et ses objets, plutôt que les personnages... Je m'imagine que la chambre est vide, que le peintre est mon ami, et que je suis dans le couloir, derrière le mur beige, bavardant avec lui...

– Arrête, Tonton, dit Jeannot, tu vas me faire pleurer!

– Tu peux te moquer, dit Louis, mais tu verras : quand tu l'auras bien regardé, toi aussi, tu ressentiras la même chose que moi. D'ailleurs, tout le monde devrait pouvoir le regarder.

En redescendant à la cuisine, l'oncle Louis s'excite :

– Et justement, quand j'ai appris à la radio que ce Farina se l'était offert pour lui tout seul à grands coups de millions, ça m'a enlevé l'envie de le rendre, ce tableau !

– Et toi alors ? dit Jeannot en colère. Qu'est-ce que tu fais d'autre ? Toi aussi, tu le gardes pour toi tout seul !

Il enfourche sa bicyclette et démarre en criant :

– Si tu ne rends pas ce tableau, Tonton, je ne te parle plus !

Oncle Louis change d'avis

Jeannot ralentit. Tiens, une voiture de police? Dans ce coin perdu? Bizarre! Un agent se plante au milieu de la route. Jeannot freine et descend de vélo.

Un homme se tient près de l'auto noire: « Mince! C'est le commissaire qu'on a interviewé à la télé au sujet du Fra Angelico! Le commissaire Mallarmé!»

—Hem! Bonjour, mon garçon!

—Bonjour, M'sieur!

—Dis-moi, mon garçon, connais-tu dans la région un homme qui a des moustaches dans ce genre?

Et le commissaire montre un papier où sont dessinées trois moustaches. L'une d'elles est exactement comme celle de l'oncle Louis! Jeannot se sent rougir, ses jambes tremblent. Il faut mentir:

—Non, M'sieur!

—Bien, mon garçon, tu peux partir!

Un quart d'heure plus tard, Jeannot est chez lui. Il court au téléphone et compose le numéro de son oncle.

—Allô! Oncle Louis? Écoute: la plaisanterie est terminée... Oui... le commissaire Mallarmé est tout près de chez toi. Il a un

papier avec tes moustaches... Oui... tes moustaches! Quoi?... Tu veux rapporter le tableau?... tu as changé d'avis? C'est nouveau, ça!... Tu veux aller à Florence?... et que j'aille avec toi! Tu es complètement fou! Mais... oui... oui... non... mm... mm... d'accord!... Ho! j'entends Maman qui monte! Je raccroche, à toi de jouer!

Jeannot essaie d'avoir l'air naturel, mais son cœur bat fort. Sa mère entre. Au même instant, le téléphone sonne. Jeannot s'immobilise. Il ouvre les oreilles au maximum. Sa mère décroche:

– Allô? Oui?... Bonjour, Louis! Oui?... Tu vas camper tout le week-end au bord du lac? Tu vas profiter du beau temps, bien sûr!... Quoi? Tu veux emmener Jeannot vendredi soir? Mais il y a école samedi matin!...

Hein ?... Louis... non... C'est sérieux, l'école. Toi, tu ne penses qu'à t'amuser avec lui. On voit bien que ce n'est pas ton fils !... Quoi ?... Très instructif, le bord du lac ! Tu es terrible ! Enfin, pour une fois, d'accord ! Passe le prendre vendredi soir... Je t'embrasse !

Le vendredi soir, à six heures, l'oncle et le neveu claquent les portières de la camionnette et démarrent. Louis Chabert sifflote. Jeannot se tait : ce voyage lui fait un peu peur. Au bout de vingt kilomètres, il dit :

– Tonton... et si on le laissait dans une gare, le tableau... à la consigne !

– Non ! répond l'oncle Louis, ma décision est prise : puisqu'il faut le rendre, ce tableau, je le rendrai, mais à ma façon! Parce que ce n'est pas normal, tu comprends, qu'un Farina puisse avoir un Fra Angelico pour lui tout seul!

– Te fâche pas, Tonton!

– Je ne me fâche pas! Mais le tableau, je ne le rendrai pas à ce monsieur et je ne le laisserai pas dans une gare non plus. Je le mettrai au cloître de San Marco, à Florence, là où Fra Angelico l'a peint, et là où tout le monde pourra l'admirer, puisque c'est devenu un musée!

Jeannot se renfrogne:

– Ce qu'il y a de bien avec toi, Tonton, c'est que tu choisis toujours la solution la plus simple!

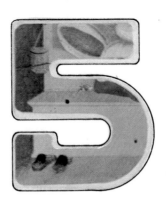

À Florence

Une heure du matin. Ils sont dans les Alpes. L'oncle Louis gare la voiture sur un parking et dit :

−J'en ai marre ! Au lit !

Tous deux se déshabillent et se glissent dans leur duvet, à l'arrière de la camionnette. Quand Jeannot se réveille, il fait grand jour, et son oncle a repris la route depuis longtemps.

Les panneaux de signalisation routière sont vert et blanc. Sur l'un d'eux, Jeannot lit : Genova 48, Firenze 275.

– Oncle Louis, on est en Italie ?

– Hé oui ! Firenze, ça veut dire Florence en italien. Tu dormais quand on a passé la frontière.

– Au fait, les douaniers n'ont pas fouillé la voiture ?

– Si, un peu... Mais ne t'inquiète pas, le tableau est bien caché. Et puis personne ne s'attend à ce qu'on le ramène en Italie.

Le soleil chauffe à travers le pare-brise. Jeannot est bien. Il se rendort. Un peu plus tard, son oncle le secoue :

−Réveille-toi, fainéant, regarde !

Jeannot croit rêver : il est devant le même paysage que celui de la carte postale ! Mais c'est comme une carte immense, grossie des milliers de fois...

−Florence !... murmure-t-il.

Il contemple la ville ocre et jaune, les palais, les grandes maisons et leurs volets marrants. Ils parviennent à se garer près d'une fontaine sur une petite place qui s'appelle Piazza San Spirito. Il y a un restaurant sous les arcades, avec des bacs à fleurs. Ils s'installent. Louis crie au serveur :

−Lasagne al forno !*

* Ce sont des pâtes à la sauce tomate, dorées au four.

– T'es drôlement fort en italien ! dit Jeannot.

Les lasagne al forno, c'est moelleux, c'est doré sur le dessus, ça fond dans la bouche, c'est très bon.

– Ce n'est pas tout ça, dit l'oncle Louis, on n'est pas là pour faire du tourisme. Écoute bien : j'ai un plan !

– Un plan ?... Je sens déjà que ça va être tout simple !

– Tu sais qu'on n'a pas le droit d'entrer dans les musées avec des paquets... Bon ! Alors il faudra attacher le tableau dans mon dos, sous ma veste, grâce à deux sangles. Regarde ce croquis.

L'oncle griffonne au stylo-bille sur la nappe en papier.

Jeannot dit :

– Jusque-là, ça va. Ensuite ?

– Sur la poitrine, toujours sous ma veste,

j'ai une trousse à outils...

–Des outils? On n'a pas besoin d'outils : on rentre, on pose notre paquet dans un coin, et on s'en va!

Mais Louis continue:

–Non! On rentre... et on se cache jusqu'au soir! On se laisse enfermer dans le musée. Lorsqu'on est sûrs d'être seuls, on choisit un bon endroit. Je plante un crochet dans le mur, et on accroche le tableau. Je n'ai pas fait mille kilomètres pour laisser mon Fra Angelico dans un coin! Quand Louis Chabert fait une chose, il la fait bien! compris?

Jeannot soupire:

–Compris, Tonton, compris!

Une heure plus tard, ils se garent dans une ruelle sombre. Jeannot attache le tableau et

la trousse à outils sous la veste de son oncle.
Il est trois heures quand ils franchissent les
portes du musée San Marco.

De nombreux visiteurs flânent sous la
galerie du cloître qui ceinture un jardinet.

Deux jeunes filles passent, elles parlent
français. L'une d'elles explique :

—Tu vois, au-dessus des arcades, il y a les
cellules des moines. Dans chacune, Fra
Angelico a peint une fresque. Mais il n'était
pas tout seul, il avait des aides, des élèves.

C'est dans l'une de ces cellules que Louis
Chabert et Jeannot se cachent quand sonne
l'heure de la fermeture. Le musée se vide.

Les pas du dernier gardien s'éloignent. Le silence s'installe enfin. Jeannot chuchote :

—Dis, je pense à une chose : le tableau, ils le rendront à Farina, tu sais !

—Crois-tu que je n'y ai pas pensé ? dit l'oncle Louis.

Il est grave, un peu triste :

—Vois-tu, Jeannot, toi et moi, on trouve que ce Fra Angelico devrait être à tout le monde. Bon ! Alors on le rapporte à l'endroit qu'il n'aurait jamais dû quitter et on va l'accrocher. Ça ne servira peut-être à rien, mais peut-être que ça fera réfléchir les gens.

Jeannot bâille :

—Tu es un héros, Tonton !

—Fiche-toi de moi ! dit l'oncle Louis.

Seuls dans le musée

Vingt-trois heures.

De temps à autre, une voiture passe dans la rue proche.

Jeannot mange une dernière cacahuète. Son oncle allume une torche électrique. Ils sortent de leur cellule, ils marchent sans bruit dans le couloir et descendent l'escalier qui mène à la salle principale du musée désert.

Les murs sont couverts de fresques et de peintures. Le faisceau lumineux de la torche éclaire des personnages aux costumes chatoyants, des arbres vert sombre, un ciel de midi, un ciel du soir, un tissu rouge à la fenêtre, l'aile d'un ange, un moine qui les regarde...

– Si on mettait le tableau là, Jeannot, qu'en penses-tu?

– Oui, dit Jeannot, là, ce serait bien!

– Bon! Tiens la torche! Donne le paquet! Voyons voir... trousse à outils, couteau, ficelle. Maintenant, le marteau et le petit crochet!

De sa main gauche, oncle Louis maintient sur le mur le crochet et le clou. De sa main

droite, il brandit son marteau. Attention!...
Paf!

À peine a-t-il frappé qu'une sonnerie retentit, stridente, insupportable.

– Bon sang de bonsoir, Jeannot, j'ai déclenché le signal d'alarme!

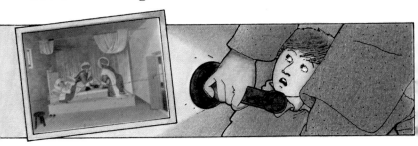

Jeannot accroche le tableau de travers; ils ramassent leur matériel à toute vitesse. Un couloir s'éclaire. Vite! ils remontent l'escalier qui mène aux cellules. Ils parviennent à ouvrir une fenêtre et à sauter sur un toit voisin. Le signal d'alarme hurle toujours. Des gens poussent leurs volets. Mais, de toit en toit, l'oncle et le neveu s'éloignent du musée. Un mur se dresse devant eux. Impossible d'aller plus loin. Si! une lucarne est ouverte. Ça y est, ils sont sur un palier, puis dans un escalier, puis dans la rue. Ils sont sauvés!

La camionnette n'est pas loin. L'oncle Louis démarre en trombe.

Dix heures plus tard, sur une route du département de l'Allier, le commissaire Mallarmé reçoit un coup de téléphone :

– Allô ! dit-il. Quoi ? Retrouvé, le tableau... Au musée San Marco ! Incompréhensible ! Oui... on abandonne les recherches !

Le commissaire raccroche et dit au gendarme qui s'apprêtait à stopper la camionnette couverte de poussière :

– Inutile, brigadier !

Dans la camionnette, Jeannot dit :

– Tu as vu, c'est Mallarmé ! Il ne nous a pas arrêtés ! On a du bol !

Oncle Louis a les yeux rouges de fatigue, et sa barbe a poussé. Il se gare devant chez Jeannot. Le garçon embrasse son oncle :

– Tonton ! dit-il avant de le quitter.

– Oui ?

– Tu crois que ça servira à quelque chose, ce qu'on a fait?

– On verra, Jeannot, on verra...

Une semaine plus tard, Jeannot reçoit une lettre de son oncle. Dans la lettre se trouve cette coupure de journal :

Le geste du voleur de Florence a ému toute l'Italie : tout le monde en a parlé, les journaux, la télévision, la radio. Des milliers de gens ont écrit pour réclamer que le tableau reste au musée.

LA BIBLIOTHÈQUE ENSORCELÉE

Les sorcières se déchaînent

Aurore Coquille est une bibiothécaire modèle. Ainsi, ce vendredi 13, lorsqu'une paisible vieille dame lui demande le livre de sorcellerie d'A. Bracadabra, Aurore fait l'impossible pour le trouver. Pauvre Aurore ! Elle ne se doute pas que sa chasse au livre va l'entraîner dans une véritable chasse aux sorcières !

Une histoire écrite par Évelyne Reberg et illustrée par Maurice Rosy.

LES TROIS AMIS DU PRINCE NICOLAÏ

Le triomphe de l'amour

La princesse Assia est si belle que tous les princes rêvent de l'épouser. Hélas, elle a reçu un mauvais sort : elle disparaît toutes les nuits. Le roi la promet en mariage à celui qui réussira à empêcher sa disparition trois nuits de suite. Tous ceux qui ont échoué eurent la tête coupée. Au désespoir de ses parents, le prince Nicolaï veut tenter sa chance. En route pour le château, il rencontre trois mendiants qui ont chacun un pouvoir magique.

Une histoire écrite par Chantal de Marolles et illustrée par Philippe Fix.

KANGOUROU-NOUNOU

Le petit frère imaginaire

Daniel a beau rêver d'un petit frère, comme celui de sa copine Céline, rien à faire : il reste désespérément fils unique. Mais, un jour, un copain secret apparaît dans sa vie : c'est un super-kangourou. Et que cache-t-il dans sa poche ? Un petit frère inventé, qui grandit, qui grandit…
Pourquoi pas jusqu'à devenir un petit frère « pour de vrai » ?

Une histoire écrite par Jean-Pierre Saintaurens
et illustrée par Jean Claverie.

HUCHTÉ L'INDIEN

La revanche du petit boiteux

Dans la tribu des Dakotas, Huchté, le petit Indien, n'est pas comme les autres. Eux courent, dansent et chassent. Lui, il boite. Et lorsque les enfants se moquent de son pied déformé, il voudrait mourir, tant il est malheureux. Dans ces moments-là, Huchté s'en va dans la prairie retrouver ses meilleurs amis : les animaux. Des amis qui vont le mettre sur le chemin du bonheur.

Une histoire écrite par Leigh Sauerwein
et illustrée par Urs Landis.

Achevé d'imprimer en septembre 1994 par Ouest Impressions Oberthur
35000 Rennes - n° 15587
Dépôt légal : Octobre 1994 - N° éditeur : 1912
Imprimé en France